KB022122

당신의 세계는 아직도 바다와

빗소리와 작약을 취급하는지

민음의 시 ● 308

당신의 세계는 아직도 바다와 빗소리와 작약을 취급하는지

김경미 시집

민음사

자서(自序)

한거울밤 갑작스런 폭우에 온통 젖은 채 물과 어둠을 뚝뚝 떨어뜨리면서 선택의 여지없이 들어선 시골 마을의 유일한 호텔방 너무 비쌌으나 선택의 여지가 없던 검은 폭우 최고급 호텔방

책상 위 오렌지색 램프 불빛 아래 놓인 메모지엔 이런 글귀가 인쇄되어 있었다
"위대한 소설과 예술 작품과 도발적인 시들은 모두 이곳에서 시작된다"

펜과 함께 놓여 있던 그 메모지, 그 램프, 그 방, 그 호텔, 그 마을, 그 밤
다음 날 아침엔 안개 속으로 흔적도 없이 말끔히 사라졌던……

맨정신인 날씨 속 파국을 각오하면 다시 찾아갈 수 있을까……

2023년 1월
김경미

차례

청춘

없었을 거라고 짐작하겠지만
집 앞에서 다섯 시간 삼십 분을 기다린 남자가
제게도 있었답니다

데이트 끝내고 집에 바래다주면
집으로 들어간 척 옷 갈아입고
다른 남자 만나러 간 일이 제게도 있었답니다

죽어 버리겠다고 한 남자도

물론 죽여 버리고 싶은 남자도

믿기지 않겠지만

취급이라면

죽은 사람 취급을 받아도 괜찮습니다

살아 있는 게 너무 재밌어서
아직도 빗속을 걷고 작약꽃을 바라봅니다

몇 년 만에 미장원엘 가서
머리 좀 다듬어 주세요, 말한다는 게
머리 좀 쓰다듬어 주세요, 말해 버렸는데

왜 나 대신 미용사가 울었는지 모르겠습니다

잡지를 펼치니 행복 취급하는 사람들만 가득합니다
그 위험물 없이도 나는
여전히 나를 살아 있다고 간주하지만

당신의 세계는
어떤 빗소리와 작약을 취급하는지
오래도록 바라보는 바다를 취급하는지
여부를 물었으나

소포는 오지 않고

내 마음속 치욕과 앙금이 많은 것도 재밌어서
나는 오늘도
아무리 희미해도 상관없습니다

나는 여전히 바다 같은 작약을 빗소리를
오래오래 보고 있습니다

결심은 베이커리처럼

나는 나를 잘 모른다
나를 잘 아는 건 나의 결심들

가령 하루를 스물네 개로 치밀하게 조각내서 먹는
사과가 되겠다든지
밤 껍질 대신 뼈를
혹은 뼈 대신 고개를 깎겠다는 것

사람의 얼굴 양쪽에는 국자가 달렸으니
무엇이든 많이 담아 올리리라

국자가 아니라 손잡이라든가
그렇다면 뭐든 뜨겁게 들어 올리리라

여하튼 입을 벌리고 살지 말자

나를 나보다 더 잘 아는 건 내 결심들

한밤의 기차에 올라

옥수수를 너무 많이 먹어
입안이 감당 안 되는 느낌처럼

무엇보다 창피스러운 건

떠나면 후회할까 봐 후회를 떠나지 못하는

신선한 베이커리 빵집처럼
언제나 당일 아침에 만들어서
당일 밤에 폐기하는

결심들만큼

영원히 나를 잘 모르는 것도 없다

나의 백만 원 계산법 — 2021년

마음에 절대로 없는 사람들과 밥을 먹고
당연한 듯 밥값을 내고 나오면

언제나 백만 원이 나온다
항상 백만 년이 나온다

차라리 기차를 백만 원어치 탈걸
천천히 양말을 백만 원어치 고를걸
수상택시를 타고 백만 원어치 바다를 달려 제주도에 눌
러앉을걸

백만 원 후에는 언제나 소나기가 내리는 법
차라리 삼백 개의 비닐우산을 살걸

일회용 칫솔과 비누 천 개,
혹은 김밥 50인분과 소주를 사서
기차역 앞에서 나눠 줄걸

언제나 기부와 적선이 되는 법

마음에 없으면 언제나 백만 원이 나온다
4만 166일 114년 백만 년이 든다

그러므로 양말을 뒤집어
날 좋아하지도 않는 사람들이 나 때문에
백만 단위를 쓰지 않도록
114년이나 우산도 없이 소나기 맞지 않도록

극도로 조심하는 나는
언제나 소수점 이하 다섯 자리 같은 나는
언제나 점심값 백만 원을 대비하며
백만 년을 사는 나는

약속이라면

두세 달에 한 명이면 충분하죠
그 이상은 교제가 과합니다 과해요

한번 만나고 오면
맥 수치가 영점 이하로 떨어지니
덕분에 불과 몇 사람 만에
일 년 치 약속이
이미 꽉 찼습니다 미안합니다
미안해야 할 일인지는 모르겠으나

일곱 번째 약속은 할 수 없이
내년으로 넘깁니다
수술 날짜 받기 힘든 명의의 말투라서 더욱 미안합니다

우울증일지 모른다고 걱정들 해 주시는데

하하하하하

내가 고독해서 얼마나 재밌는지를 알면

걱정이 분통과 질투가 되려나요

나는 비정하지만 조용합니다
무심하지만 평온합니다
나는 잘나지 못했지만 혼자 잘났습니다

그대들도 그대들대로 잘났으니
잘나기 바랍니다

서랍과 옷걸이

서랍 한 개와 옷걸이 세 개로
몇 달을 산 적이 있었다

밤 열 시에도 창밖이 대낮처럼 환했다

아름다운 집들 지붕마다
빠져나온 서랍처럼
좁은 굴뚝 같은 다락방이 있었다

옛날엔 하녀들 방이었다고 한다

맞은편 집 다락방으로
번개가 내리칠 때마다
나의 다락방
한 개의 서랍과
세 개의 옷걸이가 반짝였다

내일 나는 서랍처럼
늦잠을 자고 종일 책을 읽는다

밤의 프랑스어 수업

스물한 살이거나 하다 못해 서른네 살도 아닌데
돌은 썩고 물은 굳는데

나의 기차는 낭비를 싣고 어제도 오늘도 달린다

금잔화보다 시끄러운 이빨을 드러내거나
구멍난 검정타이어를 질질 끌거나
바닥없는 슬리퍼가 되거나
원장이 달아난 병원이 되고
소방차들 물 뿌리고 간 전소(全燒)의 집이 되어 달린다

아무리 낭비해도
능숙한 종착역은 나타나지 않으리라는 것
일회용 나무젓가락을 가르듯
'안녕하세요 제 이름은'까지만
끝도 없이 되풀이하리란 것

어떤 말도
혀를 잡아당기고 놓치고 다시 잡아당기다가

또 놓쳐
얼굴에 자꾸 고무줄 맞는 반복이나 반복되리라는 것

벗꽃이나 수박처럼 한 계절도 채 못 넘기리라는 것
무엇이든 혀끝에서 끝까지 정체를 감추리라는 것
오 분은 고사하고 이 분도 안 되어 정체는 탄로 나고
대화가 다 떨어지리란 것

그런데도 나의 기차는 이 늦은 밤
어쩌자고 낭비를 싣고 계속 달리는가

밤의 강의실은 밤바다처럼 깊고 캄캄하고
청춘남녀들에게선 온통 복숭아 냄새가 나는데
어둔 창밖으로 갑자기 밤비 쏟아지고
총소리처럼 쏟아지고

총에 맞은 건 나뿐인 듯
이유도 원인도 맥락도 없는 전쟁터에 와서
나만 총 맞은 듯

아무리 반복해도
맛있는 복숭아는 다 어디로 가고
복숭아털만 자꾸 얼굴에 따끔대고

밤비는 더욱 거세지고 우산은 없고
청춘 다 낭비하고
비에 젖은 맨몸 다 드러난 채
차비도 없이 걸어서 바다를 건너
그 나라 가야 하는 듯

가서도 한두 살짜리를 따라갈 수 있을지
점점 더 어이가 없고
점점 더 울고 싶은 밤

이 모든 게 프랑스어가 아닌
한국어와의 일인 것

사막에 작약이 피는 법

1

누군가 '사하라 작약' 얘기를 했다

19세기 여배우 '사라 베르나르'의 이름을 딴
'사라 베르나르 작약'
우리나라 화훼 수입상이 '사하라 작약'으로 바꿨다

마음대로 줄이거나 늘린 말들이 모여

사하라가 되고
사라 사하라 베르베르 베르나드가 되고
버나드 사라가 되고
사라 작약이 되고
사하라 버나드 사라 카라 3세가 되어

'사라 베르나르 작약'을 퍼뜨리거나
'사라 베르나르 작약'을 바꾸거나
떨어뜨리거나 멀어지는 법

말이 없이는
'사라 베르나르 작약'도 애초에 없었다

2

'벨 에포크'를 연 여배우 '사라 베르나르'는
살아 있을 때 늘
관(棺)에서
잠을 잤다고 한다

사막이 되고
작약이 되고 사라가 된 말들이 모여

관(棺)을 짜는 법

매일매일
살아서 거기로 들어가는 아름다움 없이는
어떤 삶도 살아남지 못하는 것이다

사슴과 엽총

고민한다 사슴 같던 그녀
고민한다 한없이 출몰하는 사슴 못 견뎌
엽총을 살까 이민 가서 매일 고민한다

나는 여전히 사슴 생각만 해도
눈이 커지고
심장이 커지는데

사슴을 너무 많이 보는 그녀
사슴이 꽃밭을 어떻게 망치는지를
매일 목격하는 그녀

때로는 숫사슴 한 마리 쇼핑몰 가게까지 따라왔다가
나가서
새끼 사슴까지 가족들 다 데리고 다시 오는 사슴
선글라스며 캔디며 서슴없이 구경하는 사슴

구경하다 무슨 일 터지면
수사슴 혼자만 긴 뿔로 부리나케 도망간다는

사슴

나는 아직도 생각만 해도
호흡이 맑아지고
첫눈이 내리는데

눈송이는 매일 쏟아져도 눈동자에 좋을 텐데

눈송이 무늬를 가진 사슴을
매일 보면
짓밟힌 꽃밭을 매일 보면
엽총이 사고 싶어진다는 그녀

눈빛의 규모

1513년 9월 25일
두 개의 눈이 태평양을 발견했다*

옷장 밑 동전처럼
눈에 띄지 않던 바다를

눈동자 두 개가 발견한 것이다

장롱 밑 동전 속에서

동전 속에
대륙도 바다도 숨어 있었던 것이다
있는데 눈에 안 띄었을 뿐이었던 것

내 얼굴엔
동전이 두 개나 되는데!

* 미스터 발보아.

방법

늘 정확하게
네모반듯하거나 동그랗게
잘 지켜 준다니까

천 개의 연장통처럼 뭐든 다 들어 있거나
다 고쳐 준다니까

헛디뎠을 때
굴러떨어질 때
잘못 만났을 때

두드려도 문 안 열릴 때
두드린 적도 없는 문이 확 열렸을 때

해결과 수습은 시간 문제라는데

늘 시간이 없다

지나치다

어느 날 혼자 버스를 타고 가다가
일 초 전
친구와 절연했다는 걸 깨달았다

깨달음이 있으므로
입과 귀에서 그 친구를 없애다가
내려야 할 정류장을 지나쳤다

그 친구가 내게
나 또한 그 친구에게
우리는 서로 지나쳤으리라
멀리 온 정거장처럼 도를 넘어섰으리라

네가 억울하고 후련하듯
나도 후련하고 억울하리라

너는 나 없이도 친구가 많고
나는 친구 없이도 하늘이 맑으니까

아무리 생각해도
또 지나치지 않도록 버스에서
창밖을 본다
창 속에 말 없이 앉아 있는 나를 본다

멋진 밤이다

그런 남자를 만난 적이 있었다

남자의 오토바이가
좁은 골목길
앞서가는 폐지 리어카 노인한테

너무 작고 말라서
잘 보이지도 않는 노인한테

미친듯이 경적을 누르며
욕을 해 대는 남자를

사귄 적이 있었다

그 오토바이 뒤에 앉아서
남자의 허리를 껴안고
이 사랑이 영원하게 해 주세요
빌기나 했던

빌어먹을 여자였던 시절이 있었다

빌어먹을!

늦가을 루마니아

피가 너무 많은 건
이곳이나 그곳이나 마찬가지겠지만

드라큘라의 고장이니
그곳이 더 많겠지만

말하고 싶지 않아서
말이 피가 될까 봐
피가 씨가 될까 봐
차라리 말을 할 수 없는 곳으로
한마디도 못 알아들을 루마니아로

차라리 루마니아를 가기로 했다

드라큘라의 나라
온통 붉은 피를 예상했는데
한국의 단풍보다 흐린 나무들

피 대신 맥주를 권하고

목을 쳐다보는 대신
눈을 쳐다보고

호주머니 같은 길마다
깊은 손 넣어 낙엽을 꺼내 주고

시장 양품점에 걸린 검은 망토는
어깨가 너무 순해서
등을 두드려 주고 싶고

머리에 보자기를 쓴 할머니들과
소매 터진 낡은 점퍼를 입은 할아버지들

말이 많아도
피가 튀지 않는 입들

한동안 루마니아를 사랑하기로 했다
한마디도 알아들을 수 없는
루마니아에 말을 내려놓기로 했다

노노노!

낯선 도시 지하철역의 예상치 못한 계단

3톤 트럭 같은 트렁크 앞에 두고
한숨 쉬는데
한낮의 복잡한 인파 속에서 당신이 다가왔다

도와 드릴까요?

나는 노 땡큐나 농 메시도 아니고 노! 단번에 노노! 노
노노!

당신이 흑인이어서가 아니었다
트렁크째 갖고 도망칠까 봐도 아니었다

당신의 정중함에 너무 마음 뺏겨서
순간적으로 너무 반해서

불친절보다 친절에 늘 곤두서는 삶

실은 나도 모르게
당신을 유혹하고 싶어질까 봐
무서웠다

무서웠지만
뒤늦게 트렁크 팽개치고
정신없이 따라 올라간 계단

당신을 찾아서
역 안을 아직도 헤맨다

공부

새와 저녁노을을 배우면
기차를 만들 수 있다

연도(年度)를 익히면 후회를 배울 수 있다

알파벳 여섯 개의 조합법을 배우면
배신하는 남자와 여자를 만들 수 있다

잠 안 오는 밤에
눈에서 제일 먼 엄지발가락을 주무르면
수면을 부를 수 있다

나사를 풀 때
심장과 바깥쪽
어느 쪽으로 돌려야 하는지는
수십 년째 외우지 못하고 헛돌지만

혀 닦는 법과

밤하늘의 별빛들만 제대로 습득해도

인간 구실 할 수 있다

그 겨울의 C호텔

국경 넘어 기차를 잘못 내리면
그 5성급 호텔이 나옵니다

호텔은 사이프러스 나무를 닮았습니다
어딘지 길쭉하고 세차고 캄캄합니다
다 달아나고 없는 낙엽이나 버려진 가방
유일한 공동 묘지 같기도 합니다

기차를 잘못 내리면
겨울비도 무섭게 내립니다
밤 열두 시 오 분 전, 구두도 검정 빗물에 물듭니다

갈 곳은 5성급뿐입니다

초록색으로 얼어붙은 입술에
위아래로 딱딱 부딪치는 치아와 어깨
최저 28도 이상의 온기가 필요하지만
그 호텔, 19도 이상은 올려 주지 않습니다
오직 서늘함으로 고급을 유지한다고 합니다

실망스럽지만 어쩔 수 없이 기차같이
젖은 발 방엘 들어서면

올라오는 사이에 검은 창문에다
아아 온통 검은 창문에다
네온사인으로 내 이름 써 놓은 걸 볼 수 있습니다
사이프러스 나무 숲에서
문득 마주치는 반딧불 같은 내 이름

눈물 솟는 게 창피하고 기괴합니다
이름이나 글씨는 언제나 마음을 약하게 합니다

약해진 마음으로 기차를 잘못 내리면

이제 노란 램프불 켜진 탁자에서
검고 작고 깊은 구멍을 발견케 됩니다

사이프러스 나무가 담겼을 것 같은 그 검정구멍엔
기차를 잘못 내린 사람들을 위해

이렇게 쓰여 있습니다

"위대한 소설과 시와 예술을 이곳에서 시작하시길!"

시창작 교실 같은 5성급 호텔이라니

검정 메모지와 검정 펜 같은 비,
겨울비 내리는 날엔
그대
국경 넘어 기차를 잘못 내리고 볼 일입니다

무조건 다 젖은 몸으로
전 재산이 비에 떠내려가도록
유일한 C호텔에 잘못 들어서고 볼 일입니다

자유론

콩을 수박처럼
한 개만 살 수 있는
자유가 필요해

양말을 한쪽만 신을 수 있는 자유

비처럼 구름처럼 항상 한꺼번에
수십 개씩
수십 명씩 몰려다니는 거 말고

겹치는 거 말고

하나인 것,
유일한 것
고유한 것

네가 아니면 안 된다는 한마디

고독 같은 유일함이

커피숍에서

팔이 닿을 듯 가까운 옆 테이블
열아홉 살 연극배우 지망생이 운다

열아홉 살이나 됐는데
아무것도 이룬 게 없어서
너무나 한심하고 비참해요 운다

마흔네 살이라는
연극 연출가도 운다

네 나이가 울면 나는 어떡하니 운다

팔이 닿을 듯 가까운 옆 테이블의
낯선 나는 오십 대
나도 운다
너희들이 울면 나는 죽어야겠다

커피숍 안의 다른 사람들도 힐끔대다가
저마다 다 같이 운다

내 나이는 죽지도 못해요 운다

커피숍엘 들어오려던 아파트도, 빌딩도
도시도 멈칫하면서 운다

국경도 운다
세상도 운다

대부분 형편없이 운다

거기 그 꽃이 있었다면 안 갔을 겁니다

유도화 핀 마을엘 도착했습니다
유도화꽃 이렇게 많은 줄 모르고 도착했습니다

우표만 하던 여자의 밥알만 하던 의상실 구석
우물 같은 화분에 피어 있던 꽃
자주 박살나던 우표와 밥알과 우물
자주 두 발 치켜든 우물을 지켜만 보던 꽃
지켜만 보던
한밤중의 이웃집들 같던 꽃

이곳, 세상에서 제일 아름답다는 이곳에도
피는 줄 모르고

몇 시간이나 비행기와 배를 타고 무방비로

도착하고 보니 피었습니다

다시는 마주치고 싶지 않던 꽃
깨진 유리창에도 저만 무성하던 꽃

내가 차갑다면 그 꽃 때문이라고
꽃을 보며 이 편지를 씁니다

여기 꽃들은 같아도 다르리라
쇠보다 두껍고 고무처럼 말랑하리라고
절대 깨지지 않을 것처럼
깨져도 수박처럼 달콤하고 체리처럼 귀여우리라고

수평선보다 단단하고
박공지붕 밑 창문보다 뜨거울 거라고

모든 거울과 유리창이
깨지지 않는 고무이길 간절히 바라던 아이가

비행기를 타고 수십 년이나 걸려서
이렇게 멀리 왔으니
좀 봐주겠지요

무방비로 왔으니 공격하지 않을 거라고

울리지도

깨뜨리지도 않을 거라고

같지만 다른 꽃이라고

그때로부터 거리가 얼마이고 나이가 몇인데

그때로부터 무사히

무사히 돌아갈 수 있겠죠 당신에게 편지를 씁니다

달걀 빌리러 가기

— C시인께

아파트 옆의 옆의 옆 동으로 이사 온 선배 시인이
문자를 보냈다

"언제고 놀러와 달걀이든 빵이든
아무 때고 꾸러와 무엇이든.
나 외로움"

다들 좀 차갑다고 생각하는 시인

갈게요 언제고 그 옆으로
짚에 싸인 달걀 한 알
칫솔이나 껌이 떨어진 날
생선 반 토막이나 슬리퍼 한짝도 부리나케 꾸러 갈게요

헛발질로 절벽에서 떨어진 날
귀에서 심한 추억이 쏟아질 때
맨발이나 귀를 꾸러 갈게요

어깨나 코가 떨어진 날

쥐도 새도 모르게
짝사랑이 시작되거나 끝난
쥐와 새의 시간,
새벽도 불사하고 정신없이 꾸러 갈게요

화요일에는 벌써 이해심이 떨어지고
금요일에는 벌써 일 년이 비고 말 때

무릎이나 팔꿈치처럼
자꾸만 떨어지고 사라지는 것들

자꾸만 더 기억나는 것들

울면서 꾸러 갈게요

잔뜩 약속하고 나는 항상
달려가지 않죠

달걀 같은 창밖만 하염없이 내다 보죠

나 외로워, 하면서요

숙명이다 하면서요

데칼코마니

음식에서
이빨 자국 선명한 게가 나왔다
식당 주인은 원래 요리법이 그렇다고 했다

지하 목욕탕 계단을 오르는데
머리 위로 갑자기 알루미늄 셔터가 떨어졌다
주인은 왜 떨어졌는지 셔터의 안부만 궁금해했다

두 패거리 말싸움에 끼어들지 않았더니
다음 모임 취소된 걸 알려주지 않아서
두 시간 거리를 헛걸음했다

내 손에서 때로 게 같은 이빨이 솟는다
머릿속으로 위 칸만 싱싱하고
아래 칸은 짓무른 두단짜리 과일을 건넨다
날짜를 알고 있지만 가르쳐 주지 않는다

그런 적 없다고
우겨도 소용없다

> 내 몸에 그들과 반으로 접힌 금이 선명하다

역무원을 찾아서

자꾸 심장이 터질 것 같길래

여행 가방 지퍼가 고장난 줄 알았다
계속되는 간이역 이름들 때문인 줄 알았다

들어도 못 듣는 낯선 언어
내릴 역을 놓친 줄 알아서였다

엽서에 쓰기 좋을 역이름들
유자꽃인지 레몬꽃인지 자꾸
혼란스럽게 피는 엽서 때문인 줄 알았는데

알았다

기차 역무원의 안내 방송 때문이었다

그가 다음 정차역을 안내할 때마다
목소리가 아닌 자세와 태도가 들렸다
매일 호수가를 자전거 타고

인생으로 출퇴근하는 가방이 보였다

갈아입을 새 옷을 문 앞에 놔 주라고 말하는
외로운 귀족과
갈아입을 새 옷을 문 앞에 놔 주는
충실한 하인이 보였다

세상에 오직 한 사람의 정체가 보였다

기차 바퀴도 차창 밖 들판도
다 그에게 관통당한 게 분명했다

처음이었다
돌아와서도 도무지 잊을 수 없어서
다시 갔다

그 남자 역무원

뭘 어쩌려는 게 아니라

그저 당신이 얼마나 큰 세계인지
얼마나 대단한 세계를 열었는지

꼭 말해 주고 싶었을 뿐이었다

바닥

나 없는 사이에 누가 내 발목을 훔쳐갔다
바닥에 주저앉았는데
바닥이 아니라고 했다

다시 보니 손목도 없어졌다
아무리 찾아도 없다

다들 뭔가 애써 감추고 있는 눈치다

바닥에 앉으면
올라가는 계단이 보인다더니

별빛들이 매일 그런 식으로 계단을 오른다더니

다시 보니
목도 눈도 훔쳐 가고 없다

욕 좀 해도 괜찮을까요?

쓸쓸하다면

혼자 여행사를 차린다
기내용 트렁크만 한 사무실을 구한다
벽에다 — 벽이 있다면 — 길고양이 지도를 펼쳐 놓는다
출입구에 — 출입구가 있다면 — 대표 겸 청소부 겸 구
치소 겸 별장 겸직 명패를 놓는다

무엇이든 비밀인 홍보부장도 겸한다

손님이 온다

비밀이지만 사람은 두 종류입니다
아무도 필요하지 않은 사람
아무나 필요한 사람

어느 쪽을 가시겠느냐고 묻는다

대답이 없으니
적자가 난다
폐업해야 한다

> 마지막 안간힘을 ― 안간힘이 있다면 ― 다해 본다
여행은 저마다 자기 인생의 주인공이 되는
유일한 방법이죠
주연 배우 찾는 영화감독처럼 설득해 본다

손님도 겸한다
저기요,
내 마음이 어디로 가야 하나요

필름이 끊긴다
화재시 비상구 위치 안내가 나온다
망하는 건 부끄러운 게 아니라며

내 기분이라면 주로

나쁜 추측의 농도
모호한 계단의 진심
깨고 싶은 선약
잘못 사들인 헤어스타일과 충고들

볼펜과 캔 뚜껑의 뾰족함
시간의 약삭빠름

낡은 구두 뒤축 같은 불결한 점심 식사와
동의 없이도 되풀이되는 습관들

험담의 교환 가치

지나친 나만의 의자
지나치게 넓고 허황된 내일의 규모 등

내 기분은 오직
내 사정이지만

라일락 꽃잎들이

바다에 가라앉을 확률

대한민국의 사건 사고에 좌우되기도 하지요

다 쓴다는 것

발이 구두를 다 써서
발가락이 구두 밖으로 튀어나오는 것

귀가 말을 다 써서
더는 듣고픈 말이 없는 것

다 쓴 관계들이 가득한 사진첩들

다정도 부드러운 손을 다 썼을까

저녁노을 다 써 버린
커피색 유리창 옆

당신과 맞잡은 나의 손이 풀린다

누명

그녀가
우연이란 이름으로
펭귄처럼 검고 흰 미소를 동시에 내보일 때에도

마술을 배웠다며
몸을 세 토막 냈다가 붙이는 묘기를 보일 때에도
아무런 의심도 하지 못했으므로

상냥한 비닐 우산을 건네줄 때
비는 안 오지만 비가 올 수도 있으니
고맙게 받았다

다음 날 마침 우연인 듯 비가 내리길래
상냥한 우산을 얼른 펼쳐 들었는데
비닐 우산살이 전부 갈퀴처럼 머리를 향했다

우산을 내던지고 뛰어서 옆 건물 커피숍으로 피했는데
우연인 듯 그녀가 거기에서 손을 흔들었다
그녀 옆에 놓인 여행 가방 틈으로

부러진 팔과 다리가 그득히 엿보였다

그녀가 내미는 커피를 잘못 쏟았는데
커피집 고양이가 한번 핥고는
그 자리에서 숨졌다

나한테 왜 그러느냐고
내가 뭘 잘못했느냐고

바로 자리를 떠났는데

저녁 뉴스에 그녀가 나왔다
낮에 커피숍에 팔다리 가방을 두고 간 사람
고양이를 죽인 사람을 봤다면서
내 인상착의를 말했다

그게 아니라고 누명이라고
방송국으로 달려가다가
경찰서로 달려가다가

달려갈 게 아니라
우선 숨어야 하지 않을까 멈췄다가

내 인상착의가 내가 아니라고
내가 내 인상착의가 아니라고

내 인상착의를 어째야 할지 몰라서
비닐우산처럼 내던졌다가
다시 주워 들었다가

우연히 나를 잘못 만난 나처럼
갈 곳이 없었다

고수 출입 금지

언덕 위 맥줏집 옆에 인형뽑기 가게가 생겼다

벌써 몇 종류의 가게가
순식간에 망해 나간 자리다
이번에는 망하지 말아야 할 텐데

나도 새로운 일을 시작했다
망하는 건 창피한 게 아니지만
무섭다

인형가게 바깥에
커다랗게 '고수 금지'라고 쓰여 있다

내 일터 앞에도 써 붙이고 싶다
'고수 출입 금지'

지나갈 때마다
잘하지 못하는데 했던 것들
잘하는데 안 했던 것들

잘하는 줄 알았는데 아닌 것들
생각한다 끝없이
하지 말았어야 했던
하지 말아야 하는 생각들

출입문도 없는 형광빛 가게
매일 아무도 없다 없다 없다 없다
불빛과 인형들만 있다

모두가 고수들인 거다

나도 망하겠다
아마 이미 망했나 보다

호모 커머스

상업 시작하고
이익 붙이는 게 쑥스럽고 불안해서
상처와 손해만 벌써 꽤 본 그녀

사업가 체질 아니니 하지 마세요
소리를 듣고도

이건 사업이 아니라 상업이에요
인간은 원래 상업하는 존재인걸요

태어나는 순간부터
죽을 때까지가 상업인걸요

태어나서
상업 한번 안 해 본 사람과는
철학과 예술을 논할 수 없는걸요

매일 자두를 너무 많이 먹어서
다음 생에는

자두 상인이 될 것 같은 밤

내일은 인형 뽑기가게 망할까
새로 생긴 인형가게
'고수 금지' 쓰여 있는 가게에 가 주려는 밤

혈안의 세계

모두 다 지름길로 가려는 것

나팔꽃 마을을 그냥 지나치는 것
해수욕장 파라솔 지붕들이
바다 수평선보다 비싼 것

사슴들 봄이면 떨어진 꽃잎
가을이면 갈색 낙엽 먹는데
그래서 사슴들 몸에 갈색 꽃무늬가 있는데

아무도 그 얘기 안 해서
사슴도 꽃잎도 아이도 어른도
미처 알지 못하는 것

우물과 우울의 효능을 믿지 않는 것

저녁마다 비린내가 나는 팔다리
작약 불빛 속
길에다 얼굴과 맨발들 벗어 놓고 귀가하며

> 점점 더 혈안이 되는 집들

11월이란

갑자기 다리를 저는 일
순식간에 눈이 머는 일
심장 부서지기 직전의 일
너무 큰 옷 속에서 몸이 어쩔 줄 모르는 일

누군가가 목의 반쪽을 새빨갛게 물었다

단풍잎이었다

유월에만 붉은 줄 알았는데
아직까지 살아남은 장미의 빨강

넘어진 무릎 색깔을 가졌다니

날아가네 날아가네 날아가네
기러기 같은 손목과 발목
유족의 심장을 하고

이름을 바꾸고 싶은 일

갈대처럼 첫눈 내리고

계절은 다섯 개,
봄 여름 가을 겨울 그리고 11월

다섯 계절 내내 하도 몰래 드나들어서
11월 날씨만 제일 낡았다

무엇을 진정
누구를 진정 사랑했는지
미안해지는 일
미안하다 말 안 하려 입을 꾹 다문 채

다 봤다

구름 빼돌려
몰래
인간 만드는 것 다 봤다

그래서
붙잡고 싶다고
붙잡을 수 없다는 거, 다 봤다

새들 빼돌려
머리카락 만드는 것도 다 봤다

그 머리카락
눈물처럼 두 눈 밑까지 뒤집어쓰고
기차 타고 가다가

캄캄한 터널 지나니

머리에서 날개가 돋아 오르는 것
몸에서 바다가 넘실대는 것

> 고무로 바다 만드는 거
바다로 고무 만드는 것도 나 다 봤으니

절벽도 번개도 안개도
다 고무여서
아무리 부딪치고 뛰어들고 떨어져도
둔탁하게 튕겨져
다만 다른 곳에 나동그라질 뿐

사랑이 아무것도 죽이지는 못한다고

아무튼 터널은 지나고 볼 일이라고
기차 말랑말랑해지는 거 다 봤다

구두끈

서랍 뒤쪽에서 불쑥 주황색 구두끈이 나타났다

나타났다는 말이
갑자기 마음에 들어서
주황끈에 어울리는 구두와 정장을 사서
찻집에 나타나고 싶었다

최대한 길게 대화의 선을 잇는 사람들
서랍같이 열렸다가
서랍처럼 닫히며
서로를 보관하려는 사람들

나도 양말에 어울리는 스카프를 사고
스카프 같은 초승달을 보며

갑자기 나타난 사람과 걷고 싶다
잘 어울리고 싶다

구색을 갖추다

여행 트렁크에서 쏟아져 나오는 몇몇 나라의 낙엽들

양털 같은 빗방울들

채워도 비워도 똑같은 이력서

첫인사만 새까맣게 되풀이하는 외국어 교재

벽지에 붙여 놓은 결심이 아닌 후회들
피요르드식 해안으로 점철된 사랑 아니 이별

풍선에 매달아 멀리 보내 줘 풍선장(風扇葬)

처음 대 보는 석고붕대

대답 없는 전화번호들
걸지 않았으므로

한밤의 심사 심사관
한밤의 심사관 심사

취소가 불가능해요
그래서 값이 싼 비행기는 늘 한밤중에
공항 문을 두드리죠

이곳엘 도착했다고 해야 하나 출발했다고 해야 하나

심사관은 며칠째 나처럼 나를 뚫어지게 살핍니다
인간의 탈을 썼는지 벗었는지
죄는 트럭으로 옮겼는지 자동차나 도보로 옮겼는지
대가는 치를 만큼 치렀는지
키는 왜 못 다 컸는지

인생의 이유를 쓰란 말이요! 옆 테이블에선 큰 소리도
납니다
물컵이 섬처럼 흔들리고요

잘 풀리지 않는 대인 관계 명단도 써야 할지
고독이 소중한 성격이라고 성별란에 써도 될지
울어 볼 테니 청력도 시험하시려는지

> 모두 다 허영이 시킨 일임을
묻기 전에 얼른 자백해 봅니다
화장을 지우면 목이 사진에서 굴러떨어질 거란 사실도
미리

그래요 목적지에 내렸는데
목적이 뭔지를 모르니
한밤중에 구두가 사라지는 거죠

다툼

구름 위 비행기 안에서
옆자리 승객 둘이 싸웠다

서로 몇 살이냐고 멱살을 흔들자
비행기가 흔들렸다
승객들도 다 같이 목이 흔들렸다

나가서 싸우라 하지도 못하고
앉은 채 다 같이 멱살 잡혔다
다 같이 몇 살이냐 묻고
다 같이 반말하지 마 고함쳤다

편을 들어야 할 텐데
자세한 내막을 알 수가 없었다

드디어 약간 떨어진 자리에 앉아 있던
가족 중 한 사람이 일어났다
체격이 커서 네 사람이
일어난 줄 알았다

실제로 그는
자기 가족과 싸우는 사람한테 가서
열 사람 몫을 했다

곧 먹살 놓고 나란히 나란히 잠든 두 사람
자면서도 닿지 말라고 툭툭 치던 두 사람

비행기에서 내리자 모두가
비행기를 범인으로 지목했다

떠들지 않는 법

발목이 부러졌다

해바라기나 채송화가 좋아하는
햇빛의 당도(糖度)

기차와 골목의 공통점
구두와 머리카락의 끈질김

유리창과 귀의 두께에 대해
아프리카에서 온 구름에 대해

얘기하지 않고
묻지 않고

사람을 다 안다고
자신 있게 고개를 젓다가
발목을 놓쳤다

깁스를 푸는 날까지

입을 움직이시거나
열면 안 됩니다
오직 귀만 쓰세요
세수도 귀로 하세요 입에 물 닿지 않도록

처방전 입에 무늬 비로소 사람이 보인다
발목이 보인다

Marie-Pierre와 Philippe 부부의 축사

"그해 6월
체리나무에 열매가 가득 열릴 때
브르타뉴 하늘에 별 하나가 태어났지.

너는 아주 발랄하고, 호기심 많고, 신중하고,
먹는 걸 좋아하는 소녀로 자랐지
혼자서 만화책이나 역사소설 읽는 것도 즐기고
고양이 그리부이와 노는 것도 아주 좋아했었지.

중학교 졸업 연극 때
너에게 너무나도 잘 어울리던 연극으로
자신감을 얻었던 네 모습도 생각난단다

그런 우리 딸 스테렌은
밤하늘의 별똥별을 보면서 여행의 꿈을 키웠을까?

1년 동안 베이비시터 프로그램으로 학비를 벌어 가면서
스페인에 가서 공부한 뒤
프랑스로 돌아왔다가 다시 일본으로 갔지

> 그곳에서는 연인을 만나더니

인생의 큰 발자국과 사랑의 힘으로
그 연인과 고양이 킨더가 기다리고 있는
한국에서
마침내 이렇게 눈부신 신부의 자리에 섰구나

엄마 아빠는
하늘의 별이 너희의 인연을 이끌었으리라 믿는다

그리고 진심을 다해 너희의 행복을 기원한단다"

그날 시인 아닌 사람들이
시인 되는 순간을 목격했다
시창작교실 같던 결혼식장

달력

달력에는 언제나 구름이 둥둥
달걀처럼 미끌대는 구름이 둥둥

오늘의 꿈은
어디로 무엇을 통과해야 하나

미끄러지지 않고
잡을 수 있을지
닿을 수 있을지

모란꽃 얼굴을 한 달력
창밖에도 흰 모란꽃들
일 년 치 달력처럼 크게 피고
벽을 부술 듯 크게 피고

먹구름 사이에
발 헛디뎌 허우적대니

길에는 빗물이 고이거나

어제와 오늘의 두 발이 고이거나

내일부터 시작해 보자는
달력에는 언제나
달걀 껍질들이 둥둥

달걀의
모란꽃의
구름의
어디를 나는
무엇 때문에 통과하는 중일까

모란꽃 얼굴을 한 달력에서
앞뒤가 다른 펭귄이
불쑥

나의 국제 '가죽'들

잠깐씩 머물다가 간 그들 모두
한국말을 잘하고
다들 어딘가 조금씩 쓰라렸다

핀란드 여성 셀자는 귀가할 때마다
선박 같은 운동화를 위아래로 포개 놨다
현관을 너무 많이 차지할까 봐

미국 여성 엘자는
무한한 지평선에서 살다가
작은 나라의 버스 정거장 간격에 적응하지 못해
아무리 세 번째 내리라고 해도 늘 열 번째쯤에 내려서
번번이 데릴러 뛰어나가야 했다

사고로 얼굴 반이 사라진 독일 여성 한나는
꿈이 작가라는데
노력하면 꼭 이룰 수 있을 거라는 내 한심한 조언에
두 시간이나 날 껴안고 울었다

중국 여성 쯔밍은 중국인들이 얼마나 깨끗한지 아느냐
면서
　　여행 캐리어에서 크고 무거운 침대 시트와
　　먼지 제거 도르레부터 꺼냈다

　　공무원인 오십 대 일본 여성 미야는
　　한국 아이돌 가수 집 근처 커피집에서 살다 갔다

　　독일 여성 나탈리는 남편과 사별한 지 한 달됐는데
　　남편 사진을 지니고 다닌다
　　남편 얼굴이 잘 생각 안 나서

　　홍콩 여성 멜로디는 돌아간 뒤에
　　한국말 연하장을 보내왔다

　"당신과 가죽들이 새해 복 많이 받으세요"

이상한 방식으로 이뤄지는 소원

다람쥐가 되게 해 달라고 빌면
간판의 두 글자가 떨어져 나가
쥐가 되고

지난날을 돌아보지 않게 해 달라면
목이 안 돌아가고

사람 품을 그릇을 달라고 했더니
금 간 유리 그릇을 주었다

나만의 방을 달라고 하면
감옥 독방을 마련해 주겠지

그래도 믿는 구석이 있어서
항상 구석에 서 있었더니

영화관 맨 구석자리
화재경보시 바로 옆이 비상대피로였다

휩쓸리다

휩쓸려서 얼굴을 떨어뜨린 적이 있었다
시간을 버린 적도 많았다

휩쓸려서 폐허라는 말을 사랑하고
포도나무 밑 그늘이란 말을 좋아해서
곤란했던 때도 있었다

신발을 구겨 신듯
성격에 휩쓸려
인간에게도 바다에게도 가지 못했다

후회에는 갔다

나 혼자 내 힘으로
매번

이별 1

2월 4일 입춘날
잠자는 사이에
나도 모르게
87년을 잃었다

그나마 그 얼마 전에
우연히 착한 시기가 있어서
여든일곱 명의 여자 곁에서
하룻밤을 새긴 했다

그 전에는
한 명에 욱여넣은 너무 많은 여자를
아니 너무 많은 여자가
다 똑같은 한 명인 걸 이해해 줄 수가 없어서
다투고 한동안 발길을 끊은 적도 있었다

내의가 반쪽이 된
야윈 어깨

별안간 떠난 87개의 어깨를 향해
조카는 이 집 식구들은 떠날 때
인사할 시간을 안 주는 게 전통이냐며
불같이 울며 화를 냈다
조카의 아빠도
겨우 60개 어깨도 못 채우고
인사할 시간도 없이 떠났다

그때는 입춘이 아니었는데

지난 입춘대길 나는
174개의 눈망울이
그 87배의 꽃눈 속으로
욱여져 들어가는 걸 봤다

174개의 87배의 꽃눈이
다 똑같은 한 개의 얼굴인 걸 봤다

바보 같은 날

누워서 돌덩이 백과사전을 읽다가 놓쳐서
콧잔등에 금이 간 날

머리를 빗다가 빗을 놓쳐서
귀가 떨어져 나간 날

혀를 놓치는 바람에
칫솔이 부러진 날

볼리비아를 가려고 비행기를 타면
자꾸 불가리아에 도착했다 이건 꿈

베니스가 포함된 여행인 줄 알았는데
베니스만 빠진 여행인 걸
이탈리아에 도착한 뒤에야 알았다 이건 현실

왜 이렇게 멍청하지?
왜 이렇게 자꾸 바보와 얽히지?
바보여도 초조한 날

초조해서 더 바보스럽던

떨어지는 꽃잎에 어깨를 맞고 주저앉아
벌써 봄이라니
다시는 일어서지 못할 것처럼
모든 것을 다 잃은 것처럼
한 발도 걸을 수가 없었던 날

두 팔은 바보처럼 웃는데

밤을 민다

무엇을 입어도 좋다
무엇을 벗어도 좋다
밤에는

하루 종일
뒤집혀 있었던 것 같은 허리
다시 뒤집어도 좋고
다시 꺼내도 좋다

믿을 구석이라곤
하루의 구석에서 기다리는 밤뿐
모자 속 같은 그 구석뿐

손을 넣으면 없던 비둘기와
장미꽃이 나오는

모자만 써도 좋고
모자까지 벗어도 좋은
밤이다

인사해도 좋고
인사하지 않아도 아는

어둠은 원래 그랬다

현대인의 지출

추억을 복구하는 데 42만 원을 지불했는데
그 추억 돌아볼 시간이 없다

숙소 유리창 따라
바닷물은
20만 원 이상 차이가 난다

쥐를 구워서 파는 아침 시장을 구경하려면
비행기표를 사야 한다

하루가 몇 시간쯤 더 길어질까 싶어서
긴 양말을 신어 보지만
달력은 자꾸 흘러내리고

실망은 실망의 반쪽
희망은 과대망상의 반쪽 얼굴은 언제나 반쪽

열한 개의 쇼핑백을 양손에 든 여자는
백화점 마네킹

집 앞의 낭만을 쓸지 않은 겨울 골목은
벌금이 4만 원

라면 박스같이 눈 내리는 밤

남자들은
고르랬다고 비싼 와인을 고르는 여자가 섭섭하고

여자들은
갈수록 허름한 모텔을 고르는 남자가 괘씸하고

기러기들 그물처럼 몸 이어 붙이고 날아가는 밤

슬픔이라는 지폐는
언제나 당도하려나
자꾸 복구되는 슬픔들

유행의 역사

모이면 자꾸 승용차와 스키장 얘기만 했다
차를 잘못 탔다고 생각했다
갈아타야지
나뭇잎과 청동기와 빗물이 유행인 버스정거장을 향해
걸었다

걷다 보니 여고시절이 나왔다
남학생과 몰래 경복궁 가는 유행에
앞장섰었다
가을 고궁이 좋았을 뿐
검정 동복 입을 때쯤 벌써
그 남학생의 이마가 싫어졌다

남학생들이 여학교 앞에서 기다리는 게
유행이었다
피해 다니자 소문난 모범생은 자퇴하고
검정고시로 대학 먼저 가서 기다리겠다며
복수의 편지를 보내왔다 대학이 뭐라고

편지를 찢고 달력을 찢는 유행을 따라하다 보니

어느덧 모든 꽃다발을
옆자리 동료가 받고 있었다
나머지에겐 좌절이 유행이었다

기운 잃고 올려다보던 별

가끔씩 버스정류장에 기차가 서고,
기차역에 돛단배가 서던 유행은
영영 사라지고 없는 것 같았다

롱스커트 같은 후회가 대유행이었다 동료만 빼고

라디오작가 글쓰기 강의 목차

1. 버스 뒷좌석에 앉은 중학교 2학년생처럼

2. 인생살이 다사다난했던 40대처럼

3. 베란다 유리창 밖 지나가는 행인처럼

4. 두 개의 신체와 영혼, 도플갱어처럼

5. 쏜살같은 바퀴벌레 만난 듯이

6. 다중인격자의 가족처럼

7. 손가락만 한 전철표처럼

8. 문자 받았는데 일주일째 안 읽는 사람처럼

9. 문자 보냈는데 일주일째 안 읽는 애인을 둔 사람처럼

10. 길고양이의 세모 귀처럼

11. 생방송 뉴스 앵커의 귀 뒤에 꽂힌 마이크처럼

12. 탤런트되고 싶었는데 되지 못한 사람처럼

13. 고무장갑 찝어 놓은 주방 집게처럼

14. 소매 길이처럼

15. 80년된 냉면 전문점처럼

16. 비행기 관제사처럼

17. 글썽글썽 글성(成)글성(星) 말장난

18. 백지수표처럼

시인들은 시쓰기에 방해된다고
방송국 다 떠나고
나는 남았다

쓸쓸해서 오늘도
돌아와 시를 쓴다

이건 글쓰기가 아니라고 시를 쓴다

타국엘 가곤 하지요

벚꽃이 입안에서 우물대듯 가곤 했지요
돈은 남아돌지 않는데
시간도 남아돌지 않는데

목표는 하나, 아무 말도 알아듣지 말 것
원칙도 하나, 그러므로 아무 말도 하지 말 것
옥수수 다섯 자루가 입과 귀를 틀어막듯이 갔지요

켁켁 혹은 꺽꺽

돈과 시간을 주체하지 못하듯

입과 멀어지는 곳만 갔지요

어느 집 지붕에 살던 고양이는
좀 멀리
길거리 커다란 돌화분의 꽃을 먹다가
순간 멈칫 나를 빤히 쳐다봅니다
나도 가만히 봅니다

할 말은 많지만 서로 안 하죠
알아들으니까 안 하죠

속사정도 모르고
흙탕물을 끼얹고 간 자동차를
세탁기에 넣듯이
그 속 어디엔가 숨은 양말 한짝 꺼내느라
세탁기 깊숙이 몸을 숙이듯이
가곤 하지요

아무도 알아듣지 못할 말을
누구나 다 하는 말을
아무에게도 하지 않으러 가곤 하지요

오늘도 예약합니다
아직 못 써 본 언어들

알아듣지 못해서 깨끗한 타국엘

오늘의 주문 목록

새 일기장과 프린터 하나씩
총 5.3킬로그램
베끼기만 잘하면 밥은 안 먹어도 배불러요

낡은 프린터 속 글자들은
바닷가 모래사장에 쏟아 버려야 제격인데

구(舊)일기장 안에 든 글자들은
바닷물에 버려야 제격인데

다시 건지려 애쓰지 못하도록
흔적 없이 사라지도록

아무것도 안 했는데 손이 허는 기분
손이 헐었는데 아무것도 안 한 기분

그런 기분이 되지 않도록
바다라도 가야 하는데

가지 못하니 발끈해서
나도 모르게 발랄도 아니고
내가 끈도 아닌데 발끈해서

새 인생을 취소했다가

취소했던 걸 재주문하는 성격으로 살고 싶진 않아서
가명을 쓰고 다시 주문했다

새 프린터가 도착하면
누군가는 기념으로 손금이나 지폐나
지폐 같은 얼굴을 베낀다지만
새 일기장이 도착하면
누군가는 위인전을 베낀다지만

나는
몰래 바다에 다시 손을 댔다

제게 그러지 마세요

당신은 어색해하지 않죠
어색함을 싫어하지 않죠
거기에 가치가 있다고 생각하죠

나는 어색하다는 말을 사랑해요
그래서 늘 어색해요
옷차림도 어색하고
전화번호도 어색하고
느닷없이 갈대도 어색하고 기러기도 어색하고

바람이 있다면

갈대에서 저만큼 떨어진 갈대
기러기에서 저만큼 떨어진 기러기

그게 그렇게 당신을 해치나요?
제게 자꾸 그러지 마세요

어색해요

어색해서 미칠 것 같아요

어색하면 나는 무슨 짓을 할지 몰라요

부디 좀 살려 주세요

피아노 소리

내 머릿속으로는 늘 쾅! 하는 놀람 공포 충격의 피아노 소리가 들린다 두 손으로 한꺼번에 모든 건반을 누르는 쾅! 내가 속았다 쾅! 내가 속였다 쾅! 실패했다 콰쾅! 너는 못났다 콰콰쾅! 끝장이다 콰콰쾅! 네가 싫다 쾅 콰콰쾅! 그 소리 막느라 한사코 청춘을 다 바쳤다 누구든 피아노 앞에 앉지도 못하도록 누구도 피아노 근처에 가지도 못하도록 눈 앞에서 피, 자도 꺼내지 못하도록

마음

너무 깊어서가 아니라 너무 얕아서 못 건너겠다
그대 마음

구두의 회전

영업사원인 그는
한낮 영안실 조문 갔다가 낮술에 취해서
남의 검정구두를 신고 나왔다

그대로 다음 병원 영안실엘 갔는데
거기서 술 다 깬 뒤
나와서 아무리 찾아도
자기 구두가 없어서

어느 멍청한 놈이
남의 구두를 신고 갔다고 화를 내면서
그곳의 삼선슬리퍼를 신고
회사로 돌아왔다

사무실에선 부장이
어느 도둑놈이
영안실에서 내 비싼 새 구두를
신고 가 버렸다고

삼선슬리퍼 차림이었다

기다림은 추한 것

구름들 모였다 금방 흩어지고 다음엔
조용히 비켜 간다

부정적인 생각을 많이 하면
모든 게 산뜻하고 선명해진다

오래전, 당연한 모임을
들떠서 기다리던 친구에게
말해 버렸다
너 빼고 이미 다 모였었어 너 기다리는 거 안타까워서
말해 주는 거야

안타까워서가 아니라 추해서였다

벌받는 것만큼 산뜻한 것도 없다
친구는 친구들이 아니라
말해 준 나를 용서하지 않았다

똑같이 당했을 때 나는

몰래 모인 친구들을 다 버리고
말해 준 친구를 용서했다

추하긴 마찬가지지만

고독이라도 얻어야 한다는
구름의 귀띔

나의 제1외국어

가을비

깊은 대화를 나눌 수 있을 때까지
끝없이 반복 학습 중이다

손전등

나의 운동은
하루에 한두 번씩은 꼭 어두워지기

어둠은
헬스클럽처럼
아령처럼
근육을 키워 주는데

하필 그 시간에 자꾸 불러 내려는 당신은 누구신지

운동을 중단하면
건강을 잃을 텐데

자꾸 어두운 체육관 쪽으로
손전등 켜 들고 다가오려는
당신은 누구신지

사이다

스물두 살인가
그해 겨울 친구들은 나를 사이다라고 불렀다.
내가 그렇게 청량하거나
톡 쏘며 발랄하거나 시원하거나 달착지근해서가 아니라
늘 소화가 안 된다면서 자주 사이다를 마셨기 때문이
었다

어떤 옷도 표정을 소화하지 못했다
손은 그럴 필요가 없는 것들만 잡았다

한 남자는 일 년째 날마다 전화를 걸어
전화기 고장 신고하신 분이죠?
어떤 여자 이름을 댔고

어느덧 그 이름이
내 이름 같았다

이십 대가 십 대를 소화하지 못하면
삼십 대가 전 생애를 소화하지 못하리란 건

분명한데

사이다도 소화하지 못한 이십 대의 목에
따갑게 따갑게
매일 불이 붙었다

오지선다

아프리카 오지 마을에서
소년의 편지가 왔다

초록빛 편지지엔 단체에서 마련한
소년이 대답해야 할
오지선다의 질문이 있었다

"나는 우리 마을에서 이런 냄새를 맡을 수 있어요"*

① 꽃향기
② 비올 때 나는 냄새
③ 비누 냄새
④ 음식 냄새
⑤ 그 외

아프리카 소년은 '꽃향기'와
'비올 때 나는 냄새'를 골랐다

충격이었다

> 소년 시인

마을에서 음식 냄새를 맡을 수 없다 해서

*《월드비전》편지에서……

꿈

못내 그리워서
몇날 며칠이고 피가 나도록 걸어
멀리 꿈속까지 찾아왔다면서

남의 꿈을 그렇게 난장판을 만드나

설명

그녀를 설명하자면

자주 인적 끊기고
혹은 끊죠

때때로 발광체같이 발광(發狂)

앉거나 먹는 습관 나쁘고

뭐든 별로 안 좋아하면서 좋은 척도 해 보지만

어설프니까
들키고
들키니까 더 어설프고

빽빽한 악순환

선제공격보다
선방(善防)이란 말을 좋아하지만

고물별자리
달구지풀이란 말을 좋아하지만
잘 쉬지 않지만

뭐든 안 좋아하니
절대 선하지 않고
친하지도 않고
부드러운 바퀴도 없고

목은 있지만
면목도 없고

체면은 있지만
착각과 실수가 잦으니

가령 테이블이나 요리를 만나면

접시 바닥의 데코레이션용 돌부스러기를
잡곡밥으로 알고 떠먹다가

혀를 다치는 식

혀를 다쳐 말을 못하고 보니
모든 걸 너무 지나치게
사랑했던 게 아니었을까

고개를 못 들겠는

터크스 앤드 케이커스

어느 날 오후에 낯선 국제전화가 왔는데
받지 않았다
세 번이나 왔는데도 받지않았다

국가번호를 찾아 보니
'터크스 앤드 케이커스제도'였다

'터크스 앤드 케이커스'.
처음 듣는 카리브해의 섬나라
여덟 개의 섬으로 이뤄졌지만
전국 포장도로가 24킬로미터뿐인 나라

철도도 기차도 없는 섬나라.
공을 차면 어디서든 바다로 빠질 테니
세계 축구 순위가 200위
바다로 찰 공은 있을까

아는 사람이 있을 리 없을
기차역도 없는 그 나라

> 전화를 받지 않고 나서야 목소리가 들린다

나를 바다에서 좀 꺼내 주세요
물에 젖은 채 맨발로 공중전화를 거는 소녀

공중전화는 있을까

있든 없든
내가 받지 않은 전화 때문에
그 아이는 철도도 없고 도로도 없고
헝겊 공도 무조건 바다로 빠지는 섬나라에서

결국은 아무도 모르게 다시 또
떠내려갔을지 모른다
아무래도 그랬을지 모른다

때로 밤하늘의 별을 올려다보면

카리브해의 '터크스 앤드 케이커스'

＞ 그 아래 바다까지 떠내려간
별빛 하나가 나를 내려다보고 있다

한국말로 공중전화를 걸고 있다

찾아서

당신을 뒤지면 내가 나올까

옷장을 뒤져야 하나
양말을 뒤집어야 하나

우산이 뒤집히고 머리카락이 뒤집혀야 하나

내가 뒤집히면 누가 나올까

귀 — 역병의 시절

21세기는
인간을 만든 뒤
인간 멈추는 법을 몰라
막다른 골목에 이르고

막다른 골목에 부딪쳐서야

병균이 장미꽃 무늬란 걸 눈치챈다

마스크 안
자기 입으로 토한 숨을
자기가 다시 먹어야 하는 것처럼
망신스런 역병이 또 있을까

그나마 양쪽에 귀가 있어서 다행이다
마스크 걸 곳이 있으니

21세기의 건강과 품위는
물에 빠진 얼굴을 두 손으로 들어올려 줄

> 두 귀

입 대신 귀로 숨쉬어야 하는 시절
귀에 모든 걸 걸어야 하는 시대

구분법

염소와 양을 구분하는 방법은

뿔의 있고 없음
화가 났을 때
엉덩이를 쓰는지 머리를 들이받는지

온순이 먼저인지 고집이 먼저인지

나와 양의 구분법은

양들은 단체로 빽빽이 앉는데
나는
옆구리에 살처럼 찰싹 붙는 거
가방을 싫어해

인질극이 아니라면
먹살 잡을 게 아니라면
간격

화가 났을 때

나이나 반말이나 뿔과 엉덩이 말고

간격을 쓰는 것

제일 좋은 접근법이자 구분법이다

수첩과 신

한 권의 수첩을 몇 년이고 겹쳐 쓰면

같은 날 같은 시간에 나는
서울의 영화관에도 있고 제주 바닷가에도 있고
파리의 세느 강변에도 있고

두세 명의 애인도 동시에 있어서
어느 가을날엔
같은 시간 같은 커피숍에서
테이블만 다른 두세 남자를
동시에 옮겨다니며 사귀고

스물다섯 살의 나와
서른한 살의 내가
서로 너 때문이라면서 말다툼을 하고

다투다가 끌어안고
변한 게 하나도 없다면서
정말 반갑,

-지 않다고 울고

첫눈 내린 날
첫눈 오지 않고

배내웃음 지으면서 세상을 떠날 수도 있다

일 년 수첩이 평생을 겹치는
신이 된다

연표

돌에다 낙서를 하는
구석기시대부터 살아온 것 같다

연잎처럼 큰 편지를 소리 없이 태우는
부싯돌의 시대를 건너온 것 같다

긴 복도 끝에 선 어둠과 귀신을
언제나 목격했었다

어금니가 아프도록
탈락과 취소를 건너 왔다

쌀쌀한 걸 못 견디는
추위 잘 타는 체질이 됐고

그래서 추위를 더 잘 피하기도 했다

매일 뭐든 자리를 옮겨 놔야 살 것 같던
변덕의 시대도 보내고

> 지금은 검정비닐의 시대

안에 든 것들 무엇이든 다 싸구려로 만드는
검정비닐에 자꾸 얼굴을 비춰 본다

그는 흔하고 나는 드무니

그는 내가 애초에 천만 원 문예지원금을 신청
하지 않았어야 했다고 말하고
나는 정당하게 신청했을 뿐이라고 말한다

그는 그 돈이 어려운 문인에게 가야 한다고 말하고
나는 그 돈이 저소득 기준이 아니라고 말한다

그는 거액의 돈을
인간도리와 정의에 맞지 않는다고 단숨에 거절한 적이
있고
내겐 아직 그런 거액 제의가 없었으므로
단숨에 거절도 못했으므로

세상엔 좋은 사람이 더 많다니까
그는 흔하고
나는 드물다

지켜본 결과
그에겐 진심으로 광장이 흔하고

나에겐 진심으로 골방이 흔하고

그에겐 인간이 흔하고
내겐 내가 흔하니

어딘지 나는 나쁘고
나쁜 건 드물고

드문 게 좋아서 나는
더 부족하고
부족해서 더 미안하고
미안해서 더 나쁘니

나는 드물고
그는 흔하다

한겨울밤 11시 59분
작가 지망생의 귀가

걸을 때마다 귓바퀴가 발밑으로 떨어진다
코는 깨진 지 오래다

하루 종일 도서관에서
끝까지 밀고 나가면 된다던 손가락도
부서진 지 오래

머리 위론
몽땅 다 끄고 막고 가린 겨울밤의 검정색들과
흰 종이같이 눈부신 가로등뿐

저 흑백의 둘이서 저렇게
형언할 수 없는
세상 모든 표현 다 써 대니

내가 적당한 문장을 쓸 수 없는 것

씹을수록 맛이 나는 시가 있다. 김경미 시는 슬픈 웃음과 유쾌한 외로움이 문장에서 계속 배어 나와 자꾸 곱씹어 읽게 된다. 반어와 역설의 장인이 쓴 문장의 맛을 놓치지 않도록 긴장하고 주의하자.

"떠나면 후회할까 봐 후회를 떠나지 못하는// 신선한 베이커리 빵집처럼/ 언제나 당일 아침에 만들어서/ 당일 밤에 폐기하는// 결심들"(「결심은 베이커리처럼」), "귀가 말을 다 써서/ 더는 듣고픈 말이 없는 것"(「다 쓴다는 것」) 같이 말을 비틀고 꼬는 맛. "내 마음속 치욕과 앙금이 많은 것도 재밌어서"(「취급이라면」), "내가 고독해서 얼마나 재밌는지를 알면/ 걱정이 분통과 질투가 되려나요"(「약속이라면」) 같이 치욕과 고독을 가지고 노는 맛. "어떤 옷도 표

정을 소화하지 못했다/ 손은 그럴 필요가 없는 것만 잡았다"(「사이다」), "알파벳 여섯 개의 조합법을 배우면/ 배신하는 남자와 여자를 만들 수 있다"(「공부」) 같이 심술궂고 고약한 일상을 뒤집는 맛. 이 맛을 건성으로 건너뛰면 문장에게 여러 번 뒤통수를 맞고 나서 다시 곱씹어 읽게 될 것이다.

이렇게 한 편 한 편 시를 읽어 나가면 이런 속삭임이 들릴 것이다. 외롭고 낮고 소박한 존재는 얼마나 위대한가! 실수와 잘못이 빚은 일상은 얼마나 슬프고 흥겨운가! 혼자 노는 쓸쓸함과 외로움의 놀이는 얼마나 유쾌한가! 평범하고 어리숙해 보이는 존재 속에 숨어 있는 영혼은 얼마나 아름답게 빛나는가! 그러나 이 블랙 유머가 흘러나오는 곳을 찾아 계속 거슬러 올라가면 그 끝 어둡고 깊은 곳에서 홀로 쪼그리고 앉은 지독한 고독을 마주하게 될 것이다. 온갖 대박과 진미와 아름다움이 유혹해도 웃지 않는, 웃을 수 없는, "나의 운동은/ 하루에 한두 번씩은 꼭 어두워지기"(「손전등」)라고 말하는 외로움을 만나게 될 것이다. 그리고 그 고독과 외로움이 지금까지 '나'라고 불렸던 얼굴이고 목소리이며 존재 자체임을 알아차리게 될 것이다.

−김기택(시인)

지은이 김경미

1983년 《중앙일보》에 시 「비망록」이 당선되며 작품 활동을
시작했다. 시집 『쓰다만 편지인들 다시 못쓰랴』 『이기적인
슬픔을 위하여』 『쉿, 나의 세컨드는』 『고통을 달래는 순서』 『밤의
입국심사』를 비롯해 라디오 오프닝 시집 『카프카식 이별』이 있으며,
산문집 『바다, 내게로 오다』 『행복한 심리학』 『심리학의 위안』
『그 한마디에 물들다』 『너무 마음 바깥에 있었습니다』 등이 있다.
노작문학상, 서정시학 작품상을 수상했다. 현재 KBS 클래식
FM 「김미숙의 가정음악」 라디오 작가로 활동하며 매일 아침
청취자들에게 직접 쓴 시를 전하고 있다.

당신의 세계는 아직도 바다와
빗소리와 작약을 취급하는지

1판 1쇄 펴냄 2023년 1월 27일
1판 4쇄 펴냄 2024년 7월 1일

지은이 김경미
발행인 박근섭, 박상준
펴낸곳 (주)민음사

출판등록 1966. 5.19. (제16-490호)
서울특별시 강남구 도산대로1길 62(신사동)
강남출판문화센터 5층 (06027)
대표전화 02-515-2000 / 팩시밀리 02-515-2007
www.minumsa.com

ISBN 978-89-374-0928-8
      978-89-374-0802-1 (세트)

＊ 이 도서는 2022년도 한국문화예술위원회 아르코문학창작기금
   (발간지원) 사업에 선정되어 발간되었습니다.
＊ 잘못 만들어진 책은 구입처에서 교환해 드립니다.

민음의 시

목록